suhrkamp taschenbuch 2178

Die Erzählung der Magd Zerline gehört in den Zusammenhang der *Schuldlosen*, an denen Hermann Broch, unter Einschluß älteren Materials, 1948/49 gearbeitet hat. Sie kann für sich selbst stehen und steht für sich selbst als denkwürdiges Beispiel einer Liebesgeschichte, erzählt von der, die da Jahrzehnte zuvor so leidenschaftlich geliebt hat. Sie ist ein Stück ins Moderne umfunktionierter Don-Juan-Mythos.

»Die Ballade der Zerline ist eine der größten Liebesgeschichten, die ich kenne und mir persönlich vielleicht die liebste.«

Hannah Arendt

Hermann Broch, am 1. November 1886 in Wien geboren, starb am 30. Mai 1951 in New Haven. In der Reihe ›suhrkamp taschenbuch‹ liegt von Hermann Broch eine kommentierte Werkausgabe in 13 Bänden vor, herausgegeben von Paul Michael Lützeler.

Hermann Broch
Die Erzählung der Magd Zerline

Suhrkamp

Umschlag: Hermann Michels
Illustration: Egon Schiele. Sitzendes Mädchen
in schwarzer Schürze. 1911

suhrkamp taschenbuch 2178
Erste Auflage dieser Ausgabe 1992

Druck: Ebner Ulm
Printed in Germany

1 2 3 4 5 6 – 97 96 95 94 93 92

Die Erzählung der Magd Zerline

Die Kirchenuhren der Stadt hatten soeben in unordentlichem Durcheinanderhallen – bloß die barockal glockenspielartigen Klänge, welche die Schloßkirche droben auf der sanftgehügelten Stadthöhe ausschickte, hoben sich klarliniger heraus – die zweite Stunde angezeigt. Der sommerliche Sonntag wandte sich seinem Abstieg zu, langweiliger und wohl auch langsamer als jeder Wochentag, und A., auf dem Kanapee seines Wohnzimmers liegend, nahm es zur Kenntnis: die Langeweile des Sonntags ist eine atmosphärische; der Stillstand der Massenbetriebsamkeit hat sich der Luft mitgeteilt, und wer davon nicht ergriffen werden will, müßte den Sonntag mit doppelter und verdreifachter Arbeit ausfüllen. Wochentags hört man, selbst bei völliger Untätigkeit, keine Kirchenuhren.

Arbeit? A. dachte an die Kanzlei, die er sich im Geschäftsviertel der Stadt eingerichtet hatte; manchmal entfaltete er dort eine geradezu hurtige Betriebsamkeit, öfters jedoch brachte er die Tage einfach in Untätigkeit dahin, freilich ohne daß seine Gedanken abließen, ums Geld und um Geldmöglichkeiten zu kreisen. Das ärgerte ihn. Der in ihm sitzende Spürsinn fürs Geldmachen hatte etwas Unheimliches an sich. Gewiß, er aß gern, er trank gern, und er liebte ein einigermaßen komfortables Leben. Aber er liebte nicht das Geld als solches; im Gegenteil, das Wegschenken war ihm eine Freude. Warum also diese unheimliche Leichtigkeit, mit der er, weit über seine Bedürfnisse hinaus, das Geld an sich heranzog? Das Problem der richtigen, soliden Geldanlage war für ihn stets schwieriger gewesen als das des Geldverdienens. Jetzt kaufte er Grundstücke und Häuser auf; mit entwerteter Mark bezahlt, kosteten sie ihn so viel wie nichts. Und doch hatte er keine

Freude dran; es war wie lästige Pflichterfüllung.
Der Morgensonne wegen waren die Jalousien herabgelassen, und er war, trotz des Nachmittagsschattens, zu träge gewesen, sie wieder aufzuziehen. Freilich schadete das nichts; abgedämmert mochte der Raum kühler bleiben, und abends sollten die Fenster geöffnet werden. Immer wieder kehrte sich die Faulheit ihm zum Guten aus. Dabei war er nicht einmal richtig träge; er war bloß entscheidungs-schüchtern. Er vermochte dem Schicksal nichts abzutrotzen, nein, das Schicksal sollte für ihn entscheiden, und er unterwarf sich, freilich nicht ohne eine gewisse Wachsamkeit, ja Listigkeit, die um so notwendiger war, als diese Entscheidungsinstanz sich ein merkwürdiges System zu seiner Lenkung zurechtgelegt hatte: sie setzte ihm Gefahren auf den Hals, die er zu fliehen hatte, und die Flucht trug dann Geld ein. Seine rasende Angst vor dem Abitur, seine Angst vor den ertappenden

Prüfern, denen das Schicksal das Furchteinflößende in die Hände gelegt hat, da sie um die letzten Geheimnisse des Prüflings wissen und ihn daher, als hätte er nie etwas gelernt, selber wissens-entleert machen, diese rasende Prüfungsangst hatte ihn vor fünfzehn Jahren zur Flucht nach Afrika getrieben; ohne einen Cent – der über das Gehaben des Sohnes erzürnte Vater hatte die Überfahrt und nichts darüber hinaus bezahlt – war er an der Kongoküste gelandet, entscheidungs-schüchtern und geldlos, dennoch glücklich, weil es im Unvorhergesehenen keinen Prüfer gibt, wohl aber Schicksalsgläubigkeit: schicksalsgläubig war er damals geworden; es geschah in der Form eines wachsamen Dahindämmerns, und ebendarum, vielleicht infolge der Wachsamkeit, vielleicht infolge des Dahindämmerns, hatte es ihm fortab nie mehr an Geld gefehlt. Ob als Gärtnerbursche, als Kellner oder Clerk, er füllte solche Anstellungen, von denen er anfangs eine ganze

Reihe innehatte, bloß so lange zufriedenstellend aus, als ihn niemand nach seiner Eignung und seinen Vorkenntnissen fragte; wurde er gefragt, so verließ er sofort den Posten, freilich jedesmal mit einer etwas größeren Summe in der Tasche, weil es jedesmal, wie das in den Kolonien eben ist, Gelegenheit zu vielerlei Nebengeschäften gegeben hat, und bald wurden die Nebengeschäfte zum Hauptgeschäft. Es verschlug ihn nach Kapstadt, es verschlug ihn nach Kimberley, es verschlug ihn in ein Diamantensyndikat, dessen Teilhaber er wurde, und immer war es sein Schicksal, das ihn dahin und dorthin verschlug, sein Ausweichen vor Unannehmlichkeiten, sein Ausweichen vor der Rede und Antwort, die er anderswo hätte stehen müssen; er konnte sich nicht erinnern, je wirklich mit seinem Willen eingegriffen zu haben, vielmehr war es stets die an Trägheit gemahnende Entscheidungslosigkeit gewesen, jene betriebsame Trägheit, die seine Schicksalsgläubigkeit war und mit der er es geschafft hatte. »Träge Lebensverdauung, träge Schicksalsverdauung«, sagte etwas in ihm und brachte ihn wohlzufrieden ins Heute zurück: mochte der Sonntag verrinnen und versikkern, mochten die Jalousien geschlossen bleiben, es wird zum Guten ausschlagen.

Da wurde – vielleicht nach einem schüchternen Anklopfen – die Tür zu einem Spalt geöffnet, und vogelgleich vorgestreckt erschien in diesem der Altweiberkopf der Dienstmagd Zerline: »Schlafen Sie?«

»Nein, nein ... kommen Sie nur.«

»Sie schläft.«

»Wer?« Das war eine dumme Gegenfrage. Natürlich konnte bloß die alte Baronin gemeint sein.

Über die Runzeln huschte es verschmitzt, gleichsam wie eine Verächtlichkeitsbrise: »Die drin ... fest schläft sie.« Und unmittelbar anschließend, einerseits als Beweis für die Ungestörtheit des Nachmittags, andererseits als sein erster Programmpunkt:

»Die Hildegard ist ausgegangen ... der Bastard.«
»Was?«
Sie war nun vollends ins Zimmer getreten, hielt sich in respektvoller Entfernung, aber der gichtischen Kniee wegen stützte sie sich mit der einen Hand am Kommodenrand auf: »Sie hat sie sich von einem andern machen lassen«, enthüllte sie, »die Hildegard ist ein Bastard.«
So gerne er mehr darüber gehört hätte, er durfte darauf nicht eingehen: »Hören Sie, Zerline, ich bin ein Mieter hier, und solche Dinge sind nicht meine Angelegenheit ... ich kann da nicht einmal zuhören.«
Sie schaute kopfschüttelnd auf ihn herab: »Sie denken doch daran ... woran denken Sie?«
Ihr prüfender Blick ärgerte und beunruhigte ihn. War seine Hose nicht richtig geschlossen? Er fühlte sich unangenehm ertappt, und am liebsten hätte er ihr gesagt, daß er an seine Geldgeschäfte gedacht hatte.

Doch was fiel ihr ein, daß er ihr Rede und Antwort zu stehen hätte? Er schwieg.
Sie spürte seine Betretenheit und gab nicht nach: »Es wird schon noch Ihre Angelegenheit, wenn sie zu Ihnen ins Bett kommen wird.«
»Sagen Sie, Zerline, was fällt Ihnen eigentlich ein?«
Unbeirrt fuhr sie fort: »Immer läuft sie davon, und wenn sie einen richtigen Geliebten hätt, mit dem sie schläft, wär's schon in Ordnung; dann wär sie eben eine richtige Frau ... aber sie ist eine Verkappte, wie kaum eine zweite ... sie spielt die richtige Frau, eine, die im geheimen zum Geliebten läuft und das, weil sie's nicht besser kann, unter ungeschickten Lügen versteckt ... also spielt sie auch die Ungeschicklichkeit und nimmt das Gebetbuch zum scheinbaren Kirchenbesuch mit, gerade weil jedermann die wirklichen Gottesdienststunden kennt und jedermann die Durchsichtigkeit durchschauen muß, durchschauen soll ... Schein-

lügen führt sie im Mund und dabei Doppellügen, hinter denen ganz Scheußliches steckt ... was sie mit dem Gebetbuch in dem Bett, zu dem sie hinläuft, aufführen mag, das will ich gar nicht wissen, und trotzdem werde ich's noch herauskriegen ... alles krieg ich heraus.«
Sie wartete einen Augenblick, und als A., der wie zum Zeichen der Abwehr die Augen geschlossen hatte, nichts erwiderte, kam sie, mit der einen Hand am Kommodenrand weitergleitend, die andere ein wenig steif hängen lassend, ein paar Schritte näher: »Alles krieg ich heraus, und ich hab auch herausgekriegt wie die Al ..., wie die Frau Baronin sich damals das Kind hat machen lassen ... und sehr rasch sogar hab ich's herausgekriegt. Ganz so jung, ganz so dumm war ich ja damals nicht mehr, obwohl's lang genug her ist, über dreißig Jahre. Damals, ja damals war ich noch bei der Frau Generalin ... das war der Frau Baronin ihre gottselige Mutter. Dort war's

ein feines Haus. Ich war Erste Zofe, und die Zweite war sozusagen mein Adjutant, und dann haben wir noch eine Köchin und ein Küchenmädchen gehabt. Und solange der Exzellenzherr, der Herr General noch gelebt hat, war für die gröbere Arbeit im Haus sein Bursche da, und überdies hat der beim Servieren mitgeholfen. Doch um jene Zeit war der Exzellenzherr schon gestorben, und eines schönen Tags, es war im Februar, und ich entsinn mich, als wär's gestern gewesen, wie der feuchte Schnee an den Fensterscheiben geklebt hat, da klingelt mir die Exzellenzfrau, und wie ich hinaufkomm sagt sie ›Zerlin‹, hat sie gesagt, ›Zerlin, du weißt, wir müssen hier das Haus einschränken, indes ich will dich nicht ganz verlieren‹, ... ja, ja, so hat sie das ausgedrückt ... ›möchtest du nicht zu meiner Tochter gehen? die erwartet ein Kind, und mir wäre es lieber, du wärest im Hause bei meinem Enkel als ein fremdes Kindermädchen.‹ Ja, so hat sie zu mir gesprochen, und ich bin folgsam gegangen. Wenn auch schweren Herzens. Ich war ja nicht mehr die Jüngste, und da hätte ich weiß Gott lieber meine eigenen Kinder bekommen und betreut. Aber wenn ein Mädel in den Dienst geht, muß sie sich solche Gedanken aus dem Kopf schlagen; für das Mädel, das in Dienst gegangen ist, heißt's verzichten, und ein Kind ist ihr ein Unglücksfall, vor dem sie sich zu fürchten hat. Schad war's um mich; für ein Dutzend Kinder wär ich gut gewesen. Wie ich bei der Exzellenzfrau eingetreten bin, blutjung war ich ...« – sie vollführte mit dem Arm eine kecke Bewegung, die wohl einen Juchzer andeuten sollte, hier jedoch beinahe goyahaft wirkte –, »... da hätten Sie mich sehen müssen; alles war prall an mir, und die Brüste sind gestanden, daß jeder danach greifen wollte. Sogar der Herr Baron, der damals noch nicht Gerichtspräsident, sondern erst Amtsgerichtsrat war, hat sich nicht zurückhalten können. Sie meinen, daß er's nicht hätte tun dürfen, weil er ein junger Ehemann war und für so einen sich's nicht schickt? I wo, das war's nicht. Aber er hat zu denen gehört, die weit über der Lust stehen, und die um ihrer Seele willen überhaupt kein Weib begehren dürften. Wahrscheinlich hat er die« – der Daumen wies rückwärts zur Tür hin – »auch niemals begehrt. Na, sie war auch nicht danach, ihm viel Spaß zu geben. Ich, ja, ich hätt ihm den Spaß geben können und hab's trotzdem nicht gewollt, obschon er ein schöner Mann war; es hätt ihm in der Seele geschadet. Statt dessen hab ich mit den Burschen vom Exzellenzherrn poussiert, und, hab ich auch fast immer meine Freud dran gehabt, es war auch das nicht gut. Schier niemals richtig im Bett, alleweil nur so mit den Kleidern und huschrasch im dunkeln Zimmer, im Salon, wenn die Herrschaft im Theater war. Für ein Mädchen, das zum Dienst in die Stadt kommt, ist das so. Die Burschen haben ihre Mädel zu Hause im Dorf, und ihnen verschlägt's nicht, daß sie vielleicht mit mir bessern Spaß gehabt haben, und daß ich vielleicht schöner war als die dort; es hat der, der wartet, das bessere Recht. So war's. Die Jahre der Jugendblüte« – offenbar war das ein Zitat – »sie gingen dahin. Mehr als zwölf Jahre war ich bei der Exzellenzfrau, und dann ist die« – wieder wies der Daumen nach hinten – »und nicht ich schwanger geworden. Dabei war ich immer noch weitaus stattlicher als sie. Sie hat gewonnen. Und ich hab den Posten bei ihr und ihrem Bankert angenommen.«

Sie machte eine Pause, um sich richtig auszuseufzen. Und ohne ihren Zuhörer, der sich aufgesetzt hatte, viel zu beachten, sprach sie weiter:

»Wie dann das Kind, die Hildegard, auf der Welt war, da war der Herr Baron bereits an die Fünfzig und war gerade Gerichtspräsident geworden. Vielleicht war's ihm nicht recht, daß ich ins Haus gekommen bin, denn er mag's so wenig wie ich vergessen haben, daß er mich einstens an den Brüsten gepackt hat; solche Dinge haben keine Zeit, die bleiben. Jetzt freilich, mocht ich mich noch so gut tragen und noch so stattlich anzusehen sein, er hat keinen Blick mehr für mich gehabt. Er war zu dem geworden, wozu er bestimmt gewesen war, einer, der kein Weib mehr begehrt. Und selbst wenn er's nicht mehr gekonnt hätte, es gibt viele, welche nicht können und darum erst recht wollen. Das sind die Häßlichsten. Bei ihm aber ist das Nicht-Können aus dem Nicht-Wollen hervorgegangen, und deswegen ist er immer schöner geworden. Wär die Hildegard von ihm, sie wär eine schöne Frau.«

Nun mußte A. widersprechen: »Sie ist eine schöne Frau, und als ich das Bild des Präsidenten drinnen im Eßzimmer zum ersten Male sah, ist mir ihre Ähnlichkeit mit ihm sofort aufgefallen.«

Zerline kicherte: »Ich, nur ich hab sie ihm ähnlich gemacht. Ich hab das Kind immer wieder vor das Bild hingeführt und hab's gelehrt, so zu blicken, wie er es dort tut ... alles ist im Blick.«

Das war immerhin überraschend; A. wurde nachdenklich: »Mit dem Blick müßte sie auch seine Seele erworben haben.«

»Genau so wollt ich's haben, und ob, genau so ... aber sie ist eine Frau, und sie hat das Blut des andern.«

»Wer war der andere?« Das war gegen seinen Willen gesagt, und es war viel zwingender als bloße Neugier gewesen.

»Der andere?« – Zerline lächelte –, »ja der andere, der ist von Zeit zu Zeit bei der Exzellenzfrau zum Tee gekommen, und erst ist es mir gar nicht aufgefallen, wie oft da auch immer die Frau Baronin hat dabei sein müssen und zudem ohne ihren Mann. Aber daß der andere, der Herr von Juna, gleichfalls sehr schön war, das ist mir gleich aufgefallen; einen rostbraunen Spitzbart hat er gehabt, rostbraune Locken, eine Haut wie angedunkelter Meerschaum, und in der

Taille hat er sich getragen, als ging's zum Tanzen. Ja, das muß ihr der Neid lassen, sie hat's verstanden, sie sich auszusuchen. Nur daß bei dem da, wenn man ihn richtig betrachtete, hinter dem schönen Spitzbart, ja sogar hinter dem schönen Mund das Gesichtshäßliche, das Nicht-Können und Immer-Wollen zum Vorschein gekommen ist, die häßliche Lüsternheit, in der die Schwachheit sitzt. So einer ist leicht zu haben, und hätt ich ihn gemocht, ich hätt ihn« – sie knipste zwischen den Fingern einen imaginären Floh – »vom ersten Tag an gehabt wie nix. Die Exzellenzfrau hat gesagt, daß er einer sei, der stets auf Reisen ist, in diplomatischen Diensten, wie sie's nennen, ein Diplomat. Na schön. Er hat im Alten Jagdhaus dort draußen im Wald« – ihr Arm wies in ein fernes Irgendwo – »sich niedergelassen, aber nicht wegen der Jagd, sondern wegen der Frauen, die er immer bei sich gehabt hat. Natürlich haben die Leute mehr gemunkelt als gewußt; er hat ja alles dazu getan, um sie neugierig zu machen mit seinem Auftauchen und Verschwinden und mit seinen vielen Weibern. Ich auch war neugierig. Und aus der Förstersfrau, die ihm das Haus betreut hat, war nichts herauszukriegen. Die hat dichtgehalten, und wundern möcht ich mich, wenn er grad die ausgelassen hätt; ganz brauchbar war sie. So hat er gelebt, und das Kind hat ihm von allem Anfang an ähnlich gesehen. Wie aber wird man's ihm jetzt präsentieren, das Kind? Darauf war ich gespannt. Nun, sie hat sich's ganz gut ausgeheckt; das Enkelchen sollte zum Zweimonatsgeburtstag bei der Großmama Aufwartung machen. No, das war's. Wir sind also zur Exzellenzfrau hinausgefahren; das Kind ist im Gastzimmer schlafen gelegt worden, und mich hätten keine zehn Pferd mehr aus der Stube herausgebracht, denn ich hab ja gewußt, daß er nun wie zufällig wird auftauchen müssen. Und daß sie sich dabei verraten wird, hab ich mir auch ganz genau ausgemalt. Gar nicht lang hab ich warten brauchen, und beinah hätt ich gelacht, wie sie ihn so pünktlich hereingeführt hat, und noch mehr hab ich mir's Lachen verbeißen müssen, wie er sich übers Bett beugt, der Papa, und sie ihre Rührung nimmer verbergen kann und nach seiner Hand greift. Es war ehrlich und war doch falsche Rührung. Er freilich war schlauer; er hat's gemerkt, daß ich sie beobachtet hab, und beim Hinausgehen wirft er mir, als könnt er hiedurch seiner Vaterschaft ledig werden, einen Blick zu, mit dem er mir sagt, daß ich und nicht sie die Richtige für ihn sei. Und ich, nicht faul, laß ihn spüren, daß ich's verstanden hab.«

Ihr damaliges Antwort-Lächeln hat sich in ihr Gesicht zurückgezaubert, schimmerte da nun als ein greisenhaft eingerunzeltes, greisenhaft eingewelktes Echo seiner selbst und war, gerade infolge seiner Vertrocknetheit, etwas Immerwährendes, eine Antwort, die immer währt:

»Ich hab's ihn spüren lassen und hab's selber gespürt, hab gespürt, wie's in ihn hineingefahren ist und ihm die Ruh genommen hat, ja daß er keine Ruh mehr wird finden können, eh er nicht mit mir geschlafen haben wird. Das war mir recht. So sehr hat's auch mich gepackt, obgleich es doch weder von ihm noch von mir so gemeint gewesen war. Billig ist der Mensch. Und nicht nur eine arme Dienstmagd vom Land ist so billig, nein, jeder ist's; nur der Heilige hat die Weisheit und die Stärke, so daß er nicht billig zu sein braucht. Aber auch zur Lust, mag sie noch so billig sein, braucht's Stärke, und am ärgsten sind die, welche aus lauterer Schwachheit, aus lauterer Lustunfähigkeit ihre Billigkeit verleugnen wollen. Sie möchten's teuer haben und sind noch billiger, die Schielenden, die Lügner aus Feinheit, die Lügner aus Schwäche, sie alle, die mit dem großen Seelenlärm die Lust zu übertäuben suchen, weil sie ihnen nicht seelenfein genug ist, und noch öfter, weil sie überhaupt nichts von ihr wissen und meinen, daß sie sich mit dem Lärm herauflocken und halten läßt. Mit der Seele wünschen sie sich die Lust zu erschwindeln, und zugleich soll sie übertäubt werden. Und die Frau Baronin? Kein lautes Wort bei Tag, aber ich wett, nichts als Seelenlärm in der Nacht. Natürlich muß man ihr zugut halten, daß sie nie eine richtige Frau war, und daß sie das von der strengen Heiligkeit, die der Herr Baron gehabt hat, niemals hätt lernen können. Also war's selbstverständlich, daß sie an den andern geraten war, an den Lüsternen. Das Kind hat sie mit ihm auf ihrer letzten Badereise zustandegebracht; das stimmte haarscharf auf den Tag. Doch nun? Warum ist sie nicht mit ihm durchgegangen? Warum ist sie nicht zu ihm ins Jagdhaus hinausgelaufen? I wo. Dazu war ihre Lust zu gering, ihre Angst zu groß, dazu war sie viel zu schwächlich und lügenhaft. Ebensogut hätt man ihr vorschlagen können, sich mit ihm auf offenem

Marktplatz hinzulegen. Trotzdem hab ich ihr helfen wollen, sozusagen um den Preis meiner eigenen Lust, ohne Rücksicht auf meine Eifersucht, aber es war ihr nicht beizubringen. Schließlich, wie der Herr Präsident einmal nach Berlin gefahren ist, bin ich stracks aufs Ziel los. ›Frau Baronin‹, hab ich gesagt, ›Frau Baronin sollten sich doch hie und da Gäste einladen.‹ Antwortet sie dumm: ›Gäste? Wen?‹ Daraufhin mein ich so nebenbei: ›No, zum Beispiel, den Herrn von Juna.‹ Da schaut sie mich mißtrauisch von der Seite an und sagt: ›Ach nein, den nicht.‹ Also laß es bleiben, hab ich mir gedacht. Indes, es hat doch gesessen, und nach ein paar Tagen hat sie ihn zum Abendessen eingeladen. Wir haben damals noch die schöne Villa gehabt, und die Gesellschaftsräume samt dem Speisezimmer waren im Erdgeschoß; da war kein solches Möbelgedränge wie hier, wo man sich an allen Ekken stoßt und mit keiner Arbeit fertig wird, und gar, wenn man an der Hildegard keine Hilfe hat. Also, es war ein richtiger Speisesaal, und die Frau Baronin ist mit ihm dort gesessen, hübsch weit voneinander; ich hab aufgetragen, hab auch seine Blicke nicht erwidert, und hinterher hab ich um die Erlaubnis gebeten, mich zurückziehen zu dürfen. Meine Kammer in der Mansarde droben war natürlich auch viel schöner als mein Zimmer hier. Wie ich mich jedoch später runterschleich, um zu sehen, wie die Dinge stehen, war's wieder dasselbe, und sie sind ganz ruhig beieinander gesessen, diesmal im Salon; mit seinen schönen Schmachtaugen hat er gelangweilt dreingeschaut, und nicht einmal wie sie aufgestanden ist, um ihm die Mokkatasse frisch zu füllen, nicht einmal da hat er versucht, ihre Hand zu berühren oder gar zu streicheln. Den also hat sie sich auch verscherzt, hab ich mir da in meinem Sinn gedacht; wenn man im Bett immerzu nur Liebe und niemals Lust mit den Beinen trommelt, ist's eben schlecht. Da war halt

Hopfen und Malz verloren, und im Grund haben sie mir beide leid getan, besonders er, da sie ja wegen des Kindes doch aneinander gebunden waren. Freilich, im noch tiefern Grund war ich vergnügt, und darum hab ich bereits zwischen den Büschen im Vorgarten auf ihn gewartet, so daß es uns, kaum daß er aus dem Haus war, ohne Verzug, ohne ein einziges Wort blitzgleich in den Kuß gestürzt hat. So scharf bin ich mit meinen Lippen, mit meinen Zähnen, mit meiner Zunge an seinem Mund gehangen, daß ich schier meiner ohnmächtig geworden bin, und doch hab ich ihm widerstanden. Ich konnt's gar nicht verstehen, warum ich nicht einfach mit ihm ins Gras umgekippt bin, und noch viel weniger, warum ich ihn nicht in meine Kammer hinaufgezogen hab, als er's, ganz heiser, so verlangt hat, sondern ihm ›Im Jagdhaus‹ hab antworten müssen; aber als daraufhin der Entsetzensschrecken in seine Augen kam, der Irrsinnsschrecken wie bei einem

Tier, mir zu kund und zu wissen, daß er ein Weib da draußen sitzen hatte, und ich daher Unmögliches verlangt hab, da ist mir aufgegangen, daß es mir mit meinem Widerstand um dieses Unmögliche und um's Brechen des Unmöglichen gegangen ist, daß diese harte und erbarmungslose Neugier nach dem Jagdhaus mich mehr gejückt hat als meine Lust, und daß sie trotzdem zur Lust gehört als ihre Bitterkeit und ihre Not.«

Die noch immer nachwirkende Erregung zwang sie, sich niederzusetzen, und die Ellbogen auf den Tisch gestützt, den Kopf zwischen ihren Fäusten, schwieg sie eine Weile. Als sie ihre Erzählung wieder aufnahm, geschah es mit völlig veränderter Stimme; es war ein Flüstern, ein flüsterndes Psalmodieren, und es war, als ob ein anderer statt ihrer spräche:

»Der Mensch ist billig, und sein Gedächtnis ist voller Löcher, die er niemals mehr flikken kann. Wie viel von dem, was man für immer vergißt, muß getan werden, damit das Getane imstand wird, das wenige zu tragen, das man für immer behält. Ein jeder vergißt seinen Alltag. Bei mir waren's die vielen Möbel, die ich abgestaubt hab, täglich und täglich, die vielen Teller, die gewischt werden mußten, und wie jeder Mensch hab ich mich täglich zum Essen niedergesetzt, aber wie bei jedem Menschen ist's ein bloßes Wissen ohne wirkliches Erinnern, als wär's ohne Wetter, weder mit gutem noch mit schlechtem geschehen. Selbst die Lust, die ich genossen hab, ist ein Raum ohne Wetter geworden, und obwohl mir die Dankbarkeit für das Lebendige geblieben ist, es schwinden mir die Namen und die Gesichtszüge, die mir einstens Lust und sogar Liebe bedeutet haben, mehr und mehr davon, schwindet in eine Glasdankbarkeit hinein, die keinen Inhalt mehr hat. Leere Gläser, leere Gläser. Und trotzdem wär nicht die Leerheit und wär nicht das Vergessene, es hätt das Unvergeßbare nicht wachsen können. Das Vergessene leerhändig trägt das Unvergeßbare, und vom Unvergeßbaren werden wir getragen. Mit dem Vergessenen füttern wir die Zeit, füttern wir den Tod, aber das Unvergeßbare ist ein Geschenk des Todes an uns, und in dem Augenblick, da wir es empfangen, da sind wir zwar noch hier, wo wir gerade stehen, und sind doch schon zugleich dort, wo die Welt ins Dunkle stürzt. Denn das Unvergeßbare ist das Zukunftstück, ist das uns im voraus geschenkte Stück Zeitlosigkeit, die uns trägt und unsern Sturz ins Dunkle sanft macht, so daß er wie ein Schweben wird. Und so ein dunkelsanftes und zeitloses Todesgeschenk war alles, was zwischen mir und dem Herrn von Juna vor sich gegangen ist, und einstens wird es helfen, mich leise hinabzutragen, selber getragen von der vollzähligen Erinnerung. Jedermann wird sagen, daß das Liebe gewesen ist, Liebe bis in den Tod. Nein, mit Liebe hat das nichts zu tun, geschweige denn mit

Seelenlärm. Vieles kann zum Unvergeßbaren werden, kann begleitend uns tragen, tragend uns begleiten, ohne je Liebe gewesen zu sein, ohne je Liebe werden zu können. Das Unvergeßbare ist ein Augenblick der Reife, hervorgegangen aus unendlich vielen Vor-Augenblicken, Vor-Ähnlichkeiten, und von ihnen getragen, der Augenblick, in dem wir spüren, daß wir formend geformt werden, geformt worden sind. Es ist gefährlich, das mit Liebe zu verwechseln.«
So hatte es A. gehört, und es war nicht ausgemacht, daß Zerline so gesprochen hatte. Viele alte Leute geraten manchmal in ein psalmodierendes Zungenreden, und in so etwas läßt sich leicht etwas hineinphantasieren, besonders an einem heißen Sommersonntag-Nachmittag bei geschlossenen Jalousien. A. wollte sich vergewissern und wartete, ob der Singsang wieder beginnen werde, aber Zerline war in ihre gewöhnliche Altweiber-Sprechweise zurückgekehrt:
»Versteht sich, daß er dort zwischen dem

Nachtgebüsch im Garten mein Widerstreben hätt überkommen können. Hätt er's getan, ich hätt ihn hinterher wohl vergessen wie manchen andern. Aber er hat's nicht getan. Die Schwachen sind zumeist auch berechnend, und ist's auch gleichgültig, ob er sich aus Schwäche oder aus Berechnung hat fortschicken lassen, jedenfalls hat er mich damit rasend gemacht. In ein rasendes Warten hat's mich geschleudert, kaum daß er weg war, und daß ich mich bezähmt hab, daß ich ihm nicht geschrieben hab, er mög nur gleich zurückkehren in meine Kammer, in mich, das war ein Wunder. Immerhin ein gutes Wunder. Denn eh noch die Woche um war, ist ein Brief von ihm dagelegen. Da hab ich lachen müssen. Die Adresse hat er mit Blockbuchstaben auf einen Geschäftsumschlag geschrieben, damit die Frau Baronin nicht sieht, daß er auch mit mir korrespondiert, und drin ist gestanden, daß er mich schon am nächsten Abend zum Spazierenfahren mit dem Jagdwagen in der Nähe der Trambahn-Endstation dort draußen erwarten werde. Und wenn auch unten die Frau Baronin desgleichen einen Brief von ihm haben und lesen mochte, es war trotzdem wie ein Sieg über sie, und wenn er auch in dem meinen nichts vom Jagdhaus erwähnt hat, also noch immer das Weibsstück da draußen sitzen hatte, ich war grad deswegen am nächsten Tag zur Stelle, und eh ich noch zu ihm auf den Bock geklettert bin, hab ich ihm auch schon alles gradeheraus ins Gesicht gesagt; er wollt mit keiner Antwort heraus, und weil das wie ein Eingeständnis war, hab ich ihn geküßt und ihm geheißen ›Fahr los, irgendwohin, nur nicht ins Jagdhaus, leider.‹ Da sagt er ›Das nächste Mal im Jagdhaus.‹ Da frag ich, ob das ein Versprechen ist, und er sagt Ja. ›Wirst du sie wirklich wegschicken?‹ frag ich, und wiederum sagt er Ja. Und um's ganz sicher zu machen, frag ich, ob sie manikürte Hände hat. ›Ja‹, sagt er recht erstaunt, ›warum?‹ Da zieh ich meine Handschuh aus, und auf die schöne Drapp-Wagendecke, die über unsere Knie gebreitet ist, leg ich meine zwei roten Händ, und ich sag ›Wäscherinnenhänd‹. Er schaut auf die Händ herunter und läßt sich's nicht anmerken, ob's ihn getroffen hat, vielmehr sagt er: ›Jeder Mann braucht die gute starke Hand, die ihn von der Schuld reinwäscht.‹ Dann nimmt er meine Hände und küßt sie, aber an der Handwurzel und nicht dort, wo sie rot sind, und da hab ich gewußt, wieviel's geschlagen hat, so daß ich nur noch ›Fahr los‹, sagen hab können; sonst hätt ich zu sehr geweint. Also sind wir über den schmalen Weg durch die Erntefelder gefahren, und ich hab über die hingeschaut und hinunter auf den engen Wasenstreifen zwischen den beiden staubigen Radspuren, in die unsere Pferd neue Huftritt setzten und hie und da auch einen neuen Pferdsmist. Nicht anders war's zu Haus bei uns auf dem Dorf gewesen. Nur daß er Rappen eingespannt hat, mocht ich nicht; der Rapp ist kein Bauernpferd, mit dem man pflügt, sondern es fährt der Mensch ins Dunkle mit ihm. Doch wie ich ihm das sag, lacht er ›Du bist halt mein Feld und meine Dunkelheit‹, und das hat mir so wohlgetan, daß ich mich ganz an ihn herangeschoben hab. Heut noch, so alt ich bin, spür ich die Hitz des Wunsches, der da in mir aufgestiegen ist, spür ich den Wunsch nach dem Kind, das er mir hätt machen müssen, mehr und mehr, viele Kinder. Sag nicht, ich hab ihn geliebt. Aufnehmen hab ich ihn wollen, aber nicht lieben; er war dunkel und fremd und ein Unheiliger. Und auch dann beim kühlen Waldrand, wo man schon die Nacht gespürt hat, wenngleich sie noch in Unsichtbarkeit zwischen den Stämmen gehangen hat, da hab ich meinem Begehren nicht nachgegeben; er hat den Wagen halten lassen, aber ich bin nicht abgestiegen, und um uns beiden weh zu tun, hab ich ihn erinnert, daß sein Kind auf mich wartet, und ich mich nicht weiter verweilen darf. ›Unsinn!‹

hat er geschrien, und weil's kein Unsinn war, hab ich unnachsichtlich weitergebohrt: ›Wenn du mir meine eigenen Kinder machst, brauch ich dieses nicht mehr.‹ Ganz hilflos hat er mich angestarrt, wieder mit dem großen Entsetzensschreck in seinen Augen, diesmal wohl, weil's ihm aufgegangen war, daß er sich eine dritte Frau aufgehalst hat, eine neue Frau mit neuen Ansprüchen, obwohl eine Dienstmagd keine solchen machen dürft, und um den Herrn von Juna und die Dienstmagd wieder auf gleich und gleich zu stellen, und weil sein Begehren so arg im Widerstreit mit seinem Schrecken gelegen hat, hab ich ihn, als wär's ein Abschied, mit allstarker Inbrunst geküßt. Gefügig und ohne Gegenred hat er mich daraufhin zur Straßenbahn zurückgefahren, und wenn auch unsere Vereinbarung galt, nach der sein nächster Brief mich ins Jagdhaus hätt rufen sollen, ich hab, so brennend es mich danach gegiert hat, nimmer daran geglaubt.«

Offenbar war es hier an der Zeit, wieder eine Spannungspause einzuschalten, während welcher die Zunge die müdgewordenen Lippen zu weiterer Rede anfeuchtete: »Und weil ich auf jenen Brief nimmer gehofft hab, war's mir von doppeltem Ärger, daß die Frau Baronin, der das Jagdhaus eher ein Schrecken als ein Wunsch war, Briefe von ihm bekommen sollt. Und aus eifersüchtigem Ärger wollt ich deren habhaft werden. Klar, es waren Postlagerbriefe, aber es mochte schon sein, daß ich einen Briefumschlag mit der Chiffre finden konnt. Na, da hab ich halt der Frau Baronin ihren Papierkorb täglich durchstöbert, und eins-zwei-drei hab ich die Chiffre gehabt. Furchtsam, ja, aber vorsichtig, nein. Nicht einmal ein Behebungsschein war vonnöten. Und damit's nur ja recht durchsichtig wird, haben sie aus Elvire, was der Vorname von der Frau Baronin ist, einfach Ilvere gemacht; das war die Chiffre. Damit also hab ich fortan, sooft ich zum

Einkaufen oder mit dem Kinderwagen ausgegangen bin, die meisten der Briefe vom Schalter geholt, hab sie vorsichtig überm Wasserdampf geöffnet, und nach dem Lesen hab ich sie mit frischer Marke wieder in den Kasten geworfen. Ein paar hab ich gestohlen. Aber bei dem Dreck war's kein Diebstahl. So ein Dreck! so ein Seelenlärm! Abgesehen von der Elfenkönigin, zu der die Elvirenkönigin geworden ist, hat's da von Heiligkeit und von keuscher Mutterschaft und vom Elfenkindlein und Gotteskindlein nur so gewimmelt, und dazu hat das Elfengotteskindlein neben mir gebrüllt, damit ich's trockenleg! Das Ärgste aber war das Klagegegackere über die Frau draußen im Jagdhaus. Das hab ich mir gut gemerkt, und das Wüsteste davon hab ich mir eben gestohlen. Eine ›unabschüttelbare Klette‹ ist diese Frau, eine ›Schicksalslast‹, eine, ›die das Feld nicht räumen will‹, eine ›Erpresserin, die auf meine sträfliche Schwäche baut‹, und dann droht er, daß er ›Mittel finden wird, das Übel mit Stumpf und Stiel zu beseitigen‹; ja, das hat er geschrieben, und zu guter Letzt wünscht er, daß ›Du, mein Lieb, mit Deinem tyrannischen Gatten ebenso verfahren könntest‹. Natürlich war auch Absicht dabei; nur mit Seelenlärm hat er seine Verpflichtung gegen eine Person wie die Frau Baronin erfüllen und sie sich doch zugleich vom Leibe halten können, und daß er die andere, die draußen im Jagdhaus, am liebsten ins Pfefferland gewünscht hätt, besonders seitdem er ihrethalben nicht mit mir hat schlafen dürfen, das hab ich ihm gut und gern geglaubt. Trotzdem hat's mich angekotzt. Dieses dreckige Wasch-mir-den-Pelz-und-mach-mich-nicht-naß. Ja, ich, ein Dorfmädel, das nichts gelernt hat, ich hab mich in die Seel hinein geschämt ob der Falschheit, die der gebildete Herr da von sich gegeben hat, und ich hab mich um so mehr geschämt, als das der Mann war, nach welchem all meine Sinne gebangt haben. Fast war ich froh, daß ich ihm für solche Flunkerbriefe nicht fein genug war, und daß ich keinen gekriegt hab. Und doch ist der Brief gekommen, ist plötzlich dagewesen, zwei Zeilen nur, mit denen er fragt, wann ich im Jagdhaus eintreffen will. Weiß Gott, wie's da in mir gejubelt hat. Er hat sein Wort gehalten. Und gerade nach den Dreckswischen von ihm, die ich während dieser Wochen gelesen hab, war mir das wichtig; es war mir so wichtig, ihn achten zu können und nicht wieder eine Enttäuschung zu haben, daß ich meine wilde Ungeduld, die da ausgebrochen ist, im Zaum gehalten und mir noch drei Tage Warten auferlegt hab. Ich wollt nämlich noch seinen nächsten Brief an die Frau Baronin abfangen. Hätt er sich darin gebrüstet, daß er ihrethalben die Frau aus dem Jagdhaus weggeschickt hat, ich hätt ihn nimmer sehen wollen. Gezittert hab ich, wie ich dann den Brief beim Schalter behoben hab; fast wär er mir beim Öffnen ins Kochwasser gefallen, und wie dann wirklich nichts über das Wegschicken des Frauenzimmers darin gestanden hat ... ich hab's nicht erfaßt. Schließlich hab ich's mir geglaubt und bin hinaufgerannt zur Frau Baronin, um Urlaub zum Heimfahren zu verlangen. Vier Wochen hab ich verlangt; drei hat sie mir gegeben.«

Plötzlich kam sie aus der Vergangenheit wieder zurück und merkte, wo sie war. Und mit großer Vehemenz begann sie das unter der Blumenvase auf dem Tisch vor ihr liegende Kretondeckchen glattzustreichen, als gäbe es da eine versteckte Falte, die sie hervorzaubern müßte, um das sinnlose Tun sinnvoll zu machen. Aber der Vergangenheitstraum hatte sie nicht gänzlich losgelassen: »Es tragt mich durch die Jahr, und die Jahr vergehen, und es bleibt, auch wenn ich's tausendmal erzähl; ich kann's und kann's nicht loswerden.« Und als A. etwas dazu sagen wollte, winkte sie belustigt ab; »Will ich's denn überhaupt je loswerden?« So hob sie aufs neue an:

»Du wirst mir's nicht glauben, mir hat die Frau Baronin leid getan. Das hat schon seit langem begonnen, schon damals, wie ich immer an der Schlafzimmertür gehorcht hab und nicht ein Knacksen zu hören war, und wenn ich mich auch gefreut hab, daß der Herr Baron in seiner Strengen es nicht anders hat haben wollen, sie ist sich und ihm was schuldig geblieben, so daß ich das Armselige und Unanständige gespürt hab, das mich gedauert hat. Und wie dann das Lügengeschreibsel mir zu Gesicht gekommen ist, da ist, wiewohl mir's wehgetan hat, daß er ihr schreiben muß und just so schreibt, das Leidtun noch schärfer geworden, grad weil sie's nicht besser versteht, und grad weil ihre Antworten, die ich jetzt natürlich auch hab lesen wollen, von noch häßlicherer Lügenhaftigkeit haben sein müssen. War ich da nicht gar reich neben ihr?!«
Sie schaute A. triumphierend an. Und A. verstand, daß sie vom größten Sieg ihres Lebens berichtete. Aber desgleichen ver-

stand er, daß die Briefe des Herrn von Juna nicht ganz so verlogen waren, wie die alte Zerline meinte. Denn die Dämonie der Lust, von der jener besessen war, enthält einerseits als ihren besten Teil den schweren Ernst, in dem die Lust sich vollzieht, ihre untrügbare Ehrlichkeit, andererseits jedoch enthält sie das aller Dämonie anhaftende Schuldbewußtsein der Ich-Verdunkelung, und mag daher der Lustverfallene auch mit vollem ehrlichem Recht vor der Verlogenheit der lustlosen Frau zurückschrecken, es wird ihm, dem Verdunkelten, ihr Lustmangel, und gar wenn diese Unvollkommenheit zur Mutterschaft umgeschlagen ist, gleichsam etwas Lichteres, an das sein Begreifen nicht heranreicht, wird ihm etwas Geheimnisvolleres und Magisches und Elfisches, dem seine eigene Irdischkeit zu dienen hat. In jedem Mann lebt eine Ahnung davon, nicht nur im Lüstling, und das war das Verständnis, ja Einverständnis, das A. für den Herrn von Juna hatte. Ohne daß er

Zerlinens Darstellung irgendwo anzweifelte, es webte trotzdem auch für ihn ein Elfenköniginnen-Schimmer um die Gestalt der Baronin. Gleichviel, der Siegesbericht ging weiter:

»Er hat sein Wort gehalten, und ich war im Reichtum, obwohl es nur ein Dienstmädchenköfferchen war, mit dem ich hinausgefahren bin; ich hätt schon am Morgen fahren können, aber ich wollt zur Nacht eintreffen, und so war's schon recht dunkel. Bei der Tram-Endstation ist er wieder mit den Rappen gestanden. Ernst waren wir beide. Reichtum macht ernst. Bei mir war's der Reichtum, und gewünscht hab ich mir, es möcht auch bei ihm so sein. Freilich, wer weiß, was den andern ernst macht. Und in meinem Mißtrauen hab ich auch nur zehn Tage Urlaub angekündigt, wie ich mich zu ihm auf den Bock hinaufgesetzt hab. Wird's schön, hab ich mir gedacht, kann ich noch immer die weitern zehn Tag eingestehen und, wenn der Herrgott mir gnädig ist, die

Ewigkeit von einem ganzen Leben. Doch fürs erste war er so stumm und ernst, daß ich rasch meine Enttäuschung geschluckt hab, als er über die Kurzheit der zehn Tag kein Bedauern gezeigt hat. »Mach einen Umweg«, hab ich da gebeten. So sind wir im Schritt in den Wald hineingefahren und den Hügel hinauf; es war ein Holzfällerweg, und schwarz-kühl dunkel ist es geworden, und er hat nicht nach mir gegriffen und ich nicht nach ihm. Droben auf der Kuppe war's grad noch dämmerhell; für ein paar Augenblicke noch hat man die Glockenblumen ausnehmen können, mit denen die Lichtung bestanden war, und dann war nur noch der Himmel hell, und mit ihm waren's die ersten Sterne. Auch die Schlagholz-Stöße am Lichtungsrand sind bald in der Schwärze verschwunden gewesen, haben nur ihren Geruch zurückgelassen, als ob das Grillengezirp ihn gefangen hätt. Denn was immer auch da war, Grillengezirp, Glockenblum und Stern, eins hat das andere getragen, ohne daß eins das andere berührt hätt. Da mittendrin sind wir mit dem Gespann gestanden, und alles was da war, hab ich behalten und werd's für ewiglich behalten, weil's mich getragen hat und nicht abläßt, mich zu tragen. Und alles was da war, hat zu unserm Begehren gehört; das seine hat in dem meinen gehangen, das meine in dem seinen, und seine Hand hat nicht die meine berührt, und die meine nicht seine. Da hab ich ›Fahr heim‹ gesagt. Noch dunkler war's jetzt beim Hinunterfahren. Vorsichtig haben die Rappen die Huf gesetzt, und wenn's auf ein Felsstück war, hat's gefunkt. Die Bremse war scharf angezogen; die Räder haben geschleift; manchmal hat's steinern geknirscht; manchmal hat ein Zweig mit feuchten Blättern mir ins Gesicht geschlagen; nichts davon kann ich je vergessen. Und auf einmal lockert er die Bremsen, und wir sind auf ebenem Boden, stehen vor dem Haus, in dem kein einzig's Licht gebrannt hat; mit seiner eigenen Schwärzen hat's in der Nachtschwärzen gehangen. In mir jedoch hat das schwere Licht des Reichseins gebrannt. Er hat mir heruntergeholfen, und dann hat er das Gespann zum Stall hingelenkt; hätt ich nicht den Hufschlag auf den Stalldielen gehört, ich hätt schier gemeint, er kommt mir nicht mehr zurück, so dunkel war es auch dort. Er ist zurückgekommen, und im Haus haben wir kein Licht gemacht. Auch kein Wort haben wir gesprochen vor lauterer Ernsthaftigkeit.«

Ihre Stimme war erregungsheiser geworden, und jetzt wurde in ihr auch wieder der psalmodierende Singsang hörbar:

»Er war der beste Liebhaber; kein anderer war mit ihm zu vergleichen. Wie einer, der vorsichtig seinen Weg sucht, war er im Suchen nach meiner Lust. Voller Ungeduld war er nach mir; wie ein Schüttelfrost hat ihn die Ungeduld zittern lassen, und trotzdem hat's ihn nicht übermannt, und er hat nicht mich übermannt, sondern hat gewartet, bis es mich hingetragen hat zum Abgrund, wo der Mensch das letzte Hinabstürzen ahnt. Wenn's ein Strömen war, das mich getragen hat, er hat das Strömen gespürt und hat's belauscht. Nackt war ich, und er hat mich noch nackter gemacht, als ließen sich selbst der Nacktheit noch Kleider wegnehmen. Denn das Schamvolle ist noch wie ein Kleid. Und so vorsichtig hat er jedweden Rest von Scham mir abgenommen, daß das Alleinsein in seiner tiefsten Verborgenheit zum Zweisein hat werden können. Wie ein Arzt ist er mit mir umgegangen in Behutsamkeit, aber meiner Lust war er wie ihr Lehrer; meinen Körper hat er angehalten, daß er Wünsche stellt und Befehle gibt, grobe wie zarte, weil die Lust viele kleine Färbungen hat und jede in ihrem Recht ist. Arzt war er und Lehrer und zugleich meiner Lust Diener. Für sich nämlich hat er kaum eine andere Lust als die meine gekannt; hab ich vor Lust geschrieen, so war's das Lob, das er brauchte, das sein

Begehren gebraucht hat, um stets aufs neu angestachelt zu werden. Er war stark und gewaltig vor Schwäche. Und mehr und mehr hat's uns gesteigert, auf daß wir ein einziges Wesen sind. Am Abgrundsrand sind wir gemeinsam als einziges Wesen gestanden während jener Nächte und Tage. Und doch hab ich gewußt, daß es schlecht war. Denn das Weib hat der Manneslust zu dienen, nicht umgekehrt, und richtiger waren die Burschen gewesen, die, ohne nach meiner Lust zu fragen, mich hingeschmissen haben, um der ihren zu frönen. Ja, sogar ihr Reden vom Liebhaben war echter; das seinige hat zur Echtheit mein rüd-nacktes Lustverlangen gebraucht, je rüder meine Worte, desto echter seine Lieb. Wohl hab ich daran gelernt, warum die Frauen sich an ihn gehängt haben und ihn nicht haben loslassen wollen, aber ich hab auch gelernt, daß ich nicht eine von ihnen war, und daß ich weg hab müssen, so sehr mein Begehren nach ihm gestanden hat.«

»Gescheit war ich«, nickte sie sich und ihrem Zuhörer zu, allerdings ohne sein Ja abzuwarten; die Erzählung drängte sie vorwärts:

»Die Förstersfrau hab ich nicht zu Gesicht gekriegt. Aber wenn ich will, hab ich einen leichten Schlaf; um fünfe am Morgen ist sie zum Reinemachen ins Haus gekommen, und da hat sie mir auch die Kochvorräte für den Tag auf den Küchentisch gelegt. Mehr hat's mich gestört, daß sie alsogleich im Haus war, sobald wir's zum Spazierengehen verlassen haben; grad weil ich im Schlafzimmer selber geräumt hab, ist mir ihr Nachhelfen aufgefallen. Wie also hat er sie verständigt? Das hat zu gut geklappt, das war an den vielen Frauenbesuchen zu gut gedrillt worden, und in einem solchen Betrieb muß jede Frau zur Spionin werden. Für mich war das nicht schwer. Das Haus war alt, und die Möbel waren alt; ob Schrank oder Schreibtisch, die Wackelschlösser waren ohne weiteres aufzudrücken. Zudem hat jeder Mann, der sich so ohne Schonung ausschöpfen läßt, einen tiefen Schlaf. Und jetzt hab ich ihn erst recht nicht geschont. Nur, daß ich ihn dann ungern verlassen hab; im Schlaf war sein Gesicht ohne Lüsternheit, schön und ohne Fehl, und oft bin ich da am Bettrand gesessen und hab das Gesicht lang angeschaut, eh ich mich ans Spioniergeschäft gemacht hab. Das war ein trauriges und zorniges Geschäft. Das Frauenzimmer hat zum Zeichen, daß es ihr Dauerheim ist, all ihre Kleider in den Schränken zurückgelassen, und ich war sicher, daß seine ganze Wut gegen sie ihn nicht hindern, ja, ihn vielleicht sogar anstacheln wird, ihr zum Willen zu sein, wenn sie ihn wieder zu ihrer Lust befehlen wird. Und so sehr ich vorher auf die Briefe von der Frau Baronin neugierig war, jetzt hab ich nur noch Ekel davor gehabt. Kunterbunt mit seinen andern Frauenbriefen sind sie in den Laden gelegen, und weil er sie ohnehin nicht vermißt hätt, hab ich mitgenommen, was mir davon in die Hand gefallen ist. Wart, ich les dir einen vor.«

Aus der Kitteltasche ihre Brille und ein paar zerknüllte Briefe hervorkramend, begab sie sich damit zum Fenster:

»Paß also gut auf, damit du's weißt, mit was für einem nichtsnutzig leeren Seelenlärm die Leut ihr leeres Leben und ihre leere Langeweil ausfüllen; paß auf, wie arm sie ist, die Frau Baronin. Paß auf, wie arme, leere Bösheit ausschaut; paß gut auf!

›Mein süßer Geliebter, unsere Beziehung wird täglich reicher, auch wenn Du ferne bist. In unserem Kindchen bist Du unaufhörlich zugegen, und es ist mir das Pfand für unser ewiges Zusammensein, das nun doch, wie Du schreibst, über kurz oder lang beginnen soll. Sei zuversichtlich. Der Himmel ist den Liebenden wohlgesinnt, und er wird Dir behilflich sein, von jener verruchten Frau loszukommen, die ihre Krallen so schmerzlich in Dich geschlagen hat. Möge, oh möge mir die gleiche Befreiung in meiner Ehe gelingen! Obschon mein Gatte im Grunde ein sehr edler Mensch ist, hat er nie etwas von meinem wunden Herzen geahnt. Meine Aussprache mit ihm wird schmerzlich werden, aber ich werde die Kraft dazu haben; Deine Liebe zu mir, die meine zu Dir, die mich ständig begleitet, gibt mir dieses Zukunftsvertrauen. In solch vertrauensvoller Gewißheit küsse ich Deine geliebten schönen Augen

als Deine
Elviren-Elfe‹

Hast gut aufgepaßt? Schockweis hat sie solchen Stunk von sich gegeben, die leere Wasserpute, und er hat's ertragen, wahrscheinlich mit Zorn und Widerwillen, trotzdem ertragen. Ich hätt ihn darob hassen mögen. Aber warum hat er's ertragen? Doch nur weil er einer war, der die Frauen zu hoch und zugleich zu niedrig einschätzt, und der ihnen deshalb mit seinem Leib dienen muß, indes mit seiner Seel ihnen keine Beachtung geben darf. Er kann nicht lieben, er kann bloß dienen, und in jeder Frau, die er trifft, dient er der einen, die es nicht gibt, und die er lieben könnt, wenn es sie gäb, so aber nichts ist als ein böser Geist, der ihn knechtet. Und weil ich gewußt hab, daß ich ihn aus der Höllen, die das ist, zu retten nicht mächtig bin, und daß ich davonlaufen muß, hat das Zärtliche den Haß aufgelöst, und ich bin zurück ins Bett zu ihm, um ihn mit meinen Armen und Beinen zu umschließen, schonungslos aus Haß, schonungslos aus Zärtlichkeit, vielleicht aber auch, damit die Erschöpfung den kommenden Abschied uns beiden leichter machen soll. Dennoch hab ich ihn nach zehn Tagen gefragt, ob ich noch bleiben mag; ich könnt's richten. Und kaum gehört, ist da der jähe Entsetzensschreck wieder in seine Augen getreten wie damals im Garten, und gestammelt hat er: ›Lieber später, in wenigen Wochen, sobald ich von meiner Reise zurück bin.‹ Das war gelogen, und ich hab ihn wüst angeschrien: ›Mich siehst hier nicht eher, bevor nicht die Weiberkleider aus dem Haus sind!‹ Und da war er zum ersten Mal ein Mann, wiewohl auch dies aus Feigheit; er hat mich hingeschmissen, und ohne nach meiner Lust zu fragen, hat er mich genommen, so wild, daß ich ihn geküßt hab wie damals im Garten. Genützt hat's freilich nicht; der Haß war da. Und am Abend sind wir in Schweigen zur Trambahn hinunterkutschiert, mein Dienstmädchenköfferchen rückwärts im Wagen.«

War die Geschichte damit zu Ende? Nein, sie schien nun erst anzuheben, denn Zerlinens Stimme wurde nun ganz fest und klar: »Mag sein, daß der Haß nur auf meiner Seite war. Mag sein, daß meine Drohung, nimmer zurückzukehren, ihm in die Glieder gefahren ist, weil er eben gespürt hat, daß es kein Seelenlärm war. Mag sein, daß er sich von der Person, die da wohl schon am nächsten Tag zu ihren Kleidern zurückgekommen ist und die für mich bestimmt gewesenen Vorräte in der Küche aufgekocht hat, nun hat wirklich freimachen wollen. Kurzum, wenige Wochen später war die ganze Stadt in Aufregung, weil die geheimnisvolle Geliebte des Herrn von Juna im Jagdhaus plötzlich gestorben ist. Nun, derlei ist schon oft passiert, und trotzdem gab's sofort Gerüchte, daß er sie vergiftet hat. Gewiß hab nicht ich die Gerüchte hervorgerufen; ich war froh, daß ich aus dem Spiel gelassen war und daß ich weder von den Briefen, noch von den vielen Flaschen und Fläschchen, die er da droben gehabt hat, und die mir nicht geheuer waren, hab was erwähnen müssen. Aber wo Geschwätz ist, fügt sich leicht etwas dazu, und Weitertragen war leicht. Natürlich hab ich's mir nicht versagt, der Frau Baronin von dem Lauffeuer zu erzählen. Weiß wie Schnee ist sie geworden und hat bloß ein ›Nicht möglich‹ hervorgebracht; ich hab die Schultern gezuckt und hab ihr ein ›Alles ist möglich‹ versetzt. Daß die Hildegard Mörderblut in sich haben soll, hat etwas Scharfes und Wildes in mir hervorgerufen. Inzwischen haben die Leut mehr und mehr davon geredet, daß man den Herrn von Juna vor die Geschworenen bringen muß, und tatsächlich ist er wenige Tage später in Haft genommen worden. Und je mehr ich über die Sache gebrütet hab, desto sicherer war ich, daß er sie umgebracht hat; ja, heut bin ich darob womöglich noch sicherer als damals. Und da er es meinetwillen getan hat, und ich daher, bei allem Haß, ihn nicht unterm Fallbeil hab wissen wollen, war ich sehr froh, als man zu munkeln begann, daß die Anklage zu schwach für eine Verurteilung sein würde. Es war nämlich bekannt geworden, daß die Person, was eine Münchner Schauspielerin war, eine schwere Morphinistin gewesen ist und sich bloß mit ihrer Spritze und schweren Schlafmitteln am Leben erhalten hat; ein solcher Körper bricht leicht zusammen, und selbst bei einer zu großen Schlafmitteldosis hätte es trotzdem Zufall, hätt es Selbstmord sein können, und der Mord war kaum nachzuweisen. Bloß die Briefe wären ein arges Belastungsmaterial gewesen, und die hab ich gestohlen. Welch ein Glück für ihn! Welch ein Glück für die Frau Baronin! Für eine Weile bin ich mir in meiner Tat ganz großartig vorgekommen, bis mir plötzlich einfällt, daß er mich dazu gar nicht gebraucht hat, daß er doch wahrscheinlich vor seiner Verhaftung noch all seine Korrespondenzen verbrannt hat, und daß ihm das Fehlen dieser gefährlichsten nun das Gehirn zermartern muß. Und ich hab den Entsetzensschreck in seinen Augen so deutlich gesehen, daß derselbige auch mich gepackt hat. Da hab ich das getan, was ich schon vorher hätt tun müssen; ich hab die Briefe genommen und hab sie zu seinen beiden Verteidigern, von denen der eine eigens aus Berlin gekommen ist, eilends hingetragen, damit die beiden ihn aus seiner Qual und Unsicherheit erlösen. Sie haben mir viel Geld dafür angeboten, und ich hab's ausgeschlagen, denn ich hab zu träumen begonnen; ich hab mir vorgestellt, wie er nun aus Dankbarkeit mich nach seinem Freispruch würd heiraten müssen, und weiß Gott, ein Schlag für seine Eitelkeit wär's gewesen und ein noch böserer für die Frau Baronin, die da ihrer Zofe sogar noch hätt Glück wünschen müssen. Und ebendarum hab ich ein paar Briefe, die schwerstverdächtigen, für mich zurückbehalten. Auf ihre Vollzähligkeit hätt sie ohnehin niemand zu prüfen vermocht, am allerwenigsten der Herr von Juna selber. Was ich abgeliefert hab, hat zur Beschwichtigung seiner Angstqualen vollauf genügt. Dagegen hab ich die anderen für die Heiratsträumerei gebraucht; wenn man heiraten will, ist's ganz gut, ein kleines Nachdruckmittel in der Hand zu haben, und auch in der Ehe wär's ganz nützlich gewesen.«

»Schön ist's, daß Sie den Herrn von Juna gerettet haben«, warf da A. ein, »nur mit der armen Frau Baronin sollten Sie nicht immerzu so hart verfahren.« Zerline liebte keine Unterbrechungen: »Die Hauptsache kommt erst«, lehnte sie ab, und sie hatte recht damit. Denn Klage, Anklage, Selbstanklage werdend, wuchs nun ihre Erzählung über sich selbst hinaus:

»Schon's Heiratsträumen war große Schlechtigkeit, aber ich hab's mir bloß vorgemacht, um mich über noch größere Schlechtigkeit hinwegzutäuschen, und für diese hab ich auch die Briefe gebraucht. In der Verlorenheit war ich, und ich hab's nicht gewußt. Wer hat mich in solche Verlorenheit gebracht? der Juna, weil er mir im Blut war, und ich ihn trotzdem nicht geliebt hab? die Frau Baronin mit dem Bankert, was sein Kind gewesen ist? oder gar der Herr Präsident selber, weil ich's nimmer ertragen hab, daß er ein Hahnrei war, der in seiner Heiligkeit dumm und blind und unwissend davor geworden ist? Ich allein hab's ihm aufdecken können, und wie nun zu allem andern ruchbar geworden ist, daß der Herr Präsident selber die Verhandlung Juna übernehmen wird, da war ich ganz verloren. Soll er mit eigenem Mund den freisprechen, der insgeheim in sein Haus gekommen ist, um ihm den Bastard hineinzusetzen? Ich hab's nicht ertragen, und ich hab mein Mitwissen nimmer ertragen; es war ja fast wie Mitschuld, und hinter der Mitschuld da war noch Ärgeres, da war die Schlechtigkeit. Und nicht das Wissen, nicht die Mitschuld, nein, die Schlechtigkeit hab ich herausschreien wollen, damit ich mich wiederfind aus meiner Verlorenheit. Noch tiefer hab ich in die Schlechtigkeit gehen müssen, damit ich wieder ein Ganzes werd im Tageslicht, mitsamt meiner ganzen Schlechtigkeit. Und trotzdem bleibt's unergründlich. Wie ein Befehl war's, daß ich all die verbliebenen Briefe, sowohl die seinen, wie die von der Frau Baronin, wo sie beide mit Mord gedroht haben, plötzlich zusammengebündelt und anonym mit Blockschrift-Adresse dem Herrn Präsidenten geschickt hab. Ich hab's tun müssen, und war mir dabei über alles klar; im Grund waren die Briefe dem Staatsanwalt zugedacht, damit der Herr Präsident, schon wegen der Schand der Frau Baronin, seine Stelle niederzulegen gehabt hätt, während der Juna halt doch geköpft worden wär. Und vielleicht hab ich gewünscht, daß der Herr Präsident aus lauter Verzweiflung sich und die Frau Baronin und den Bankert umbringt. Und weil ich hab alles eingestehen wollen, meine Mitschuld und meine Briefdiebstähle im Jagdhaus und im Schlafzimmer von der Frau Baronin, wär's mir recht gewesen, wenn er mich gleichfalls umgebracht hätt. Das wär die richtige Gerechtigkeit gewesen, denn für mich, nicht für die Frau Baronin, ist die Frauensperson im Jagdhaus ermordet worden, und für diese höhere Gerechtigkeit hab ich den Herrn

Präsidenten bewundern wollen. Furchtbar war die Prüfung, die ich dem Herrn Präsidenten auferlegt hab, und die er für die Gerechtigkeit hätt bestehen sollen, damit ich doppelt an seine Größe und Heiligkeit glauben kann. Dafür mit meinem Leben zu zahlen, war ich willens, und trotzdem war's Schlechtigkeit, die ich immer noch nicht versteh.«

Sie atmete schwer auf. Wahrlich, das war die Hauptsache; es war das große Schuldbekenntnis ihres Lebens, und als Bekenntnis, nicht wegen des Sieges über die Baronin, obwohl auch der noch darin mitschwang und nicht entbehrt werden durfte, war offensichtlich die ganze Geschichte erzählt worden. Und in der Tat, Zerline schien erleichtert. Seitdem sie den Brief vorgelesen hatte, war sie beim Fenster stehengeblieben, und jetzt sollte sich zeigen, daß das mit gutem Grund geschehen war. Umständlich setzte sie wieder die Brille auf die Nase, holte wieder einen Zettel aus der

Tasche, und nach einem nochmaligen tiefen Atemschöpfen gewann ihre Stimme aufs neue Stärke und Festigkeit:

»Das Briefpaket war an den Herrn Präsidenten abgeschickt, und ich hab erwartet, gefürchtet, gehofft, daß nun viel Schreckliches geschehen würde. Die Tage sind dahingegangen, ohne daß was geschehen wär. Nicht einmal mich nahm er ins Gebet, obwohl doch kaum jemand anderer als ich der anonyme Absender hat sein können. Da kam große Enttäuschung über mich, weil auch der Herr Präsident sich als Feigling zeigte, dem die Gerechtigkeit weniger galt als seine Stellung und sein äußeres Ansehen, ja, der um dessentwillen sogar einen Mörderbankert in seinem Haus zu dulden bereit war. Indes, ich wurde eines Bessern belehrt, und gründlich. Denn er, der sonst so wenig redet, beginnt auf einmal bei Tisch, während ich aufwarten tu, so daß ich alles hören muß, laut über Verbrechen und Strafe zu sprechen. Jedes Wort hab ich mir treu gemerkt und hab's sofort hinterher aufgeschrieben. Jetzt werd ich's lesen, damit auch du dir's merkst. Merk also gut auf!

›Unsere Geschworenengerichte sind eine wichtige und dabei doch gefährliche Institution, gefährlich, weil der Volksrichter sich leicht von Gefühlsmotiven leiten läßt. Und gerade in den so schweren Fällen, für welche die Geschworenen zuständig sind, also vor allem bei Mordanklagen, kann das Gefühl der Rache, das ja letztlich jede Strafverhängung begleitet, sich unbemerkt einschleichen und die Oberhand gewinnen. Ist es aber so weit, dann wird zumeist nicht mehr erwogen, daß auch der Justizirrtum ein Mord sein kann, und es wird nicht mehr das Gräßliche der Todesstrafe erwogen, vielmehr reißt Bedenkenlosigkeit ein, eine Bedenkenlosigkeit, die oft genug schon zugunsten des Rachebedürfnisses Beweisstücke unrichtig eingewertet hat.

Doppelt und dreifach hat also da der Richter bei der Beweiszulassung und Beweisbehandlung darauf zu achten, daß derlei nicht einreißt. Sogar die vom Angeklagten persönlich geschriebenen oder unterzeichneten Schriftstücke sind Mißdeutungen ausgesetzt. Wenn beispielsweise einer schreibt, daß er einen Menschen ›beseitigt‹ haben möchte oder sich ›seiner entledigen‹ will, so deutet das noch lange nicht auf unbedingte Mordabsicht hin. Bloß Rachebedürfnis wird da nichts anderes als Mordwillen herauslesen, das Rachebedürfnis, das nach dem Henkersbeil ruft und nach dem Blut des Opfers dürstet.‹

So hat er gesprochen, und ich hab's verstanden, so gut verstanden, daß mir die Hände zu zittern begonnen haben und ich die Bratenschüssel fast hätt fallen lassen. Er war noch größer, noch heiliger als alles, was ich blödes Frauenzimmer mir je vorgestellt hab. Er hat erraten, daß ich ihn zur Rache, zur Henkersrache hab bewegen wollen, und er hat's abgelehnt. Alles hat er gewußt. Aber hat's auch die Frau Baronin begriffen? oder war sie auch hierfür zu leer? Wenn sie sich nur halbwegs der Briefe erinnerte, die sie bekommen hat, es hätten ihr Ausdrücke wie ›beseitigen‹ und ›entledigen‹ auffallen müssen. Auch der Herr Präsident sah sie an, schier gütig sah er sie an, und wenn sie auf die Knie gestürzt wär vor ihm, ich hätt mich nicht gewundert. Doch sie hat sich nicht gerührt, und sie rührt sich nicht; höchstens, daß sie ein bißchen blaß in den Lippen geworden ist. ›Oh, das Fallbeil‹, sagt sie, ›die Todesstrafe, eine schreckliche Einrichtung‹. Das war alles, und der Herr Präsident schaut auf seinen Teller, während ich den Nachtisch aufgetragen hab. So war sie eben, so leer. Und was nun noch nachgekommen ist, hat nichts Überraschendes mehr für mich gehabt. Knapp vor Weihnachten hat die Verhandlung stattgefunden, und den Verteidigern ist sie ein leichtes Spiel gewesen, da ihnen der Herr Präsident Hilfe gab und den Staatsanwalt in Zaum hielt; kein Brief ist vorgelegt worden. Der Freispruch durch die Geschworenen war ein beinahe einmütiger, nämlich elf zu eins, und die eine Gegenstimme hätt von mir sein können. Trotzdem war ich froh, wie er freigesprochen worden ist, der Herr von Juna, und noch froher war ich, daß er ohne Dank an mich und ohne Abschied sich sofort davongemacht hat, um sich außer Landes, ich glaub in Spanien, eine Bleibe zu suchen.«

Das war der Erzählung Schluß, und Zerline seufzte auf: »Ja, das ist die Geschichte von mir und dem Herrn von Juna, und ich werd sie nie vergessen. Dem Fallbeil ist er entronnen, und mir ist er entronnen, und das war für ihn ein noch größeres Glück als jenes. Denn wär er edel gewesen und hätt er mich geheiratet, ich hätt ihm die Höll auf Erden bereitet, und wär er noch am Leben, er hätt immer noch mich gehabt, mich altes

Weib; schau mich nur an.« Doch ehe A. sich dazu äußern konnte, hatte nun der Abgesang begonnen:

»Viel Lärm ist nach dem Urteil entstanden. Die Zeitungen haben den Herrn Präsidenten angegriffen, besonders die roten, die ihm Klassenjustiz vorgeworfen haben. Fast selbstverständlich war's, daß er sich immer mehr zur Einsamkeit zurückgezogen hat. Aus seiner Studierstube ist er kaum mehr herausgekommen, und bald hab ich ihm auch das Bett dort richten müssen. Ein Jahr später hat er seinen Abschied eingereicht, aus Gesundheitsrücksichten. Doch in Wahrheit waren's Todesrücksichten; er war noch nicht Sechzig, wie's ihn ereilt hat, und was immer die Ärzte gesagt haben, er ist am gebrochenen Herzen gestorben. Sie jedoch hat mitsamt dem Bastard weiterleben dürfen. Und darum, wegen dieser Ungerechtigkeit, hab ich die Hildegard so erzogen, wie ich sie erzogen hab. Zur wirklichen Tochter vom Herrn Präsidenten hat sie werden sollen, damit es würdig um ihn wird und sein Haus keinen Mörderbankert mehr beherbergt. Von ihrem Mörderblut hab ich sie freilich nicht befreien können, aber ebendarum hat sie lernen müssen, sich ihrer Tochterschaft würdig zu erweisen. Wär sie katholisch gewesen, ich hätt sie ins Kloster getan; so konnt ich bloß die keusche Heiligkeit des Verblichenen ihr vor Augen führen und sie zur Nachahmung anhalten. Je mehr ich sie ihm ähnlich gemacht hab, desto mehr hat sie ihre Schuld gesühnt, desto mehr ist auch die ihrer Mutter gesühnt worden, obgleich deren Schuld ewiglich im Unabbüßbaren bleibt. Die Tochter hat's übernommen. Nämlich, je mehr sie eingegangen ist in den Vatergeist, desto mehr ist der Wille zur Rächung in sie eingegangen, die Rache, die er selber nicht hat ausüben wollen aus heiliger Strenge gegen sich selbst. Auch sie knechtet sich selber in Nachahmung; dazu hab ich sie verknechtet, doch die Heiligkeit hat ihr niemand beizubringen vermocht, und ohne Heiligkeit muß sie die Knechtschaft weitergeben, so daß sie mit der stillen Heuchelrache, die in der Obsorge ist, die Mutter zur Buße verknechtet. Eins geht ins andere über, und so hab ich's gewollt, so hab ich sie erzogen zur Schuldabbüßung. Freilich rebelliert sie dagegen mit ihrem lüsternen Mörderblut, das keine Buße auf sich nehmen will, aber es nutzt ihr nix.«

»Ja um Himmels willen«, rief da A. aus, »wofür muß sie denn büßen? wo ist ihre Schuld? Man kann sie doch nicht für ihre leiblichen Eltern verantwortlich machen, um so weniger, als die Liebe der Frau Baronin zu dem Herrn von Juna doch nicht so ohneweiters sich als Verbrechen nehmen läßt!« Ein strafender Blick traf ihn, vielleicht weniger wegen des Gesagten, wiewohl auch dieses Zerlinen wider den Strich gehen mußte, als wegen der Störung des Abgesanges:

»Bist vielleicht gar schon daran, ihrer

Lüsternheit zu verfallen? Ich warn dich. Nimm dir lieber ein richtiges Mädel, mit dem du gern schläfst, und das gern mit dir schläft, und selbst ein bißchen rote Händ sind besser als ein manikürter Seelenlärm. Weißt du, warum sie dich nicht als Mieter hat haben wollen? Nun, es hat noch keinen Mieter hier gegeben, vor dessen Tür« – und sie wies hinter sich zu der Zimmertüre hin – »sie nicht Nacht für Nacht gestanden hat, und Nacht für Nacht hat der Befehl des Vaters, der nicht ihr Vater ist, sie gelähmt, und sie ist immer nur bis zur Türschwelle gelangt. Und wenn du's nicht glaubst, streu ich, wie ich's oft genug getan hab, heut abend Mehl im Vorzimmer auf, damit du am Morgen ihre zögernden Tritte siehst. Das ist ihre Schuldqual; laß dich nicht hineinverstricken. Denn zusammen mit unserer Schlechtigkeit ist auch unsere Verantwortung immer größer als wir selber, und je tiefer der Mensch in seine Schlechtigkeit zu tauchen hat, um sich selbst zu finden, desto mehr Verantwortungen für Verbrechen, die er nicht begangen hat, muß er übernehmen; das trifft jeden, dich wie mich wie die Hildegard, und ihrer ist die Buß für das Vergehen ihrer Leibeseltern. Sie aber, die Frau Baronin, die unserer beider Gefangene ist, möcht der Verknechtung entfliehen, und jeden Mieter fleht sie an, daß er ihr dazu verhelf. Voller Seelenlärm sind sie, Mutter wie Tochter, und daß er ihnen in die Ohren gell, hab ich ihn angefacht zum Höllenlärm, und eine Höllen ist dieses Haus in seiner feinen Stillheit. Der Heilige und der Teufel, der Herr Präsident und der Herr von Juna, der nun wohl auch schon tot ist, zwei Drohschatten weichen ihnen nicht von der Seiten und zerreißen sie. Vielleicht sogar auch mich. Und es hat mir auch nichts geholfen, daß ich nach dem Herrn von Juna, schon um nicht grad ihm treu zu sein, mir noch andere Liebhaber genommen hab; es hat mir um so weniger geholfen, als mir bald aufgefallen ist, wie's mich gezwungen hat, immer Jüngere mir auszusuchen, am Schluß nur noch Buben, die ich an meiner Brust gewiegt hab, auf daß sie die Furcht vor der Frau verlieren und die Lust lernen mögen, die Menschenruhe. Wie ich das gemerkt hab, da hab ich's endgültig aufgegeben. Nur deshalb? Nein. Längst hätt ich's schon aufgeben sollen, und wenn die Frau Baronin nicht gewesen wär, ich hätt mich möglicherweis nicht einmal mehr mit dem Herrn von Juna eingelassen. Das Bild des Herrn Präsidenten war in mir, seit jeher unauslöschlich, und es ist gewachsen und gewachsen ... wer war da seine Witwe, nachdem er gestorben war? wer war's, wenn ich's nicht war? Mehr als vierzig Jahr sind her, daß er nach meiner Brust gegriffen hat, und ich hab ihn geliebt, mein Leben lang, mit meiner Seele.«

Das war nun wirklich das natürliche Ende der Geschichte, und A. wunderte sich ein wenig, daß er es nicht vorausgewußt hatte. Zerline dagegen, ihrem Alter gemäß ziemlich erschöpft, schaute eine Zeitlang ins Leere, ehe sie mit ihrer gewohnten Zofenhöflichkeit und Zofenstimme sagte: »Jetzt hab ich aber mit meinem Geschwätz Ihnen den ganzen Nachmittagsschlaf geraubt, Herr A., doch ich hoff, daß Sie ihn trotzdem noch nachholen werden.« Und krummrückig humpelte sie aus dem Zimmer hinaus, dessen Tür, als wäre bereits ein Schlafender darin, sie mit leiser Vorsicht schloß.

A. war aufs Kanapee zurückgesunken. Ja, sie hatte recht, er sollte noch ein wenig schlafen. Schließlich wars noch nicht so spät; gerade hatten die Turmuhren vier geschlagen. Also war's ganz richtig, daß sich wieder die schlafbefangenen Gedanken einstellten, die ihm durch Zerlinens Eintritt abgerissen worden waren. Aber wiederum schob sich zu seinem Ärger das Geldthema in den Vordergrund. Und wiederum mußte er sich erzählen, wie es mit dem Geldverdienen begonnen hatte, damals in Kapland, und wie er seitdem vom Geld, ohne daß er viel dazu getan hätte, von Erdteil zu Erdteil, von Börse zu Börse geführt worden war, und wenn man Südamerika als eigenen Erdteil rechnete, so waren das sechs in fünfzehn Jahren; das macht zweieinhalb pro Erdteil. Und alles war purer Zufall. Für seine Markensammlung hatte er sich als Bub die dreieckige »Kap der guten Hoffnung« ersehnt, vergeblich ersehnt, und von daher ist die Sehnsucht nach Südafrika geblieben. Marken wären keine schlechte Kapitalsanlage, aber seine Sammellust ist erloschen. Was wollte er eigentlich? Ein Heim, Frau, Kinder? Wirkliche Freude an Kindern haben im Grunde bloß die Großmütter. Kinder sind Störungen jeglichen komfortablen Lebens, und Liebesgeschichten sind es erst recht, sind unverständlich. Was die Baronin getrieben hat, war einfach dumm; hätte er sie damals schon gekannt – aber damals war er ja noch kaum geboren –, er hätte sie zu sich nach Kapstadt gerufen und sie vor dem Kerl und seiner schlechten Behandlung gerettet. Freilich, Frauen kommen nicht gern da hinunter, und das hat auch zu dem Frauenmangel und den dazugehörigen Dramen in den Diamantenfeldern geführt. Dort hätte der Herr von Juna sich keine Frauensammlung anlegen können. Ein unkomfortables Leben hat der gehabt. War der Präsident beneidenswerter? Wenn die beiden dem Hahnrei wenigstens einen Sohn gemacht hätten. Doch der wäre ihm wohl gleichfalls nach Afrika entwischt, trotz der Nutzlosigkeit jeglichen Entwischens; denn die Witwe bleibt in der Heimat, bleibt eine Gefangene. Man sollte immer sein eigener Sohn sein. Hatte er nicht nach des Vaters Tod die Mutter zu sich nach Kapstadt nehmen wollen, um ihr ein Haus da zu bauen? Da wäre sie wohl noch am Leben; jedenfalls hätte sie Enkel. Für die Kinder muß man eine Markensammlung anlegen; auch die dreieckige »Kap der guten Hoffnung« wird er erwerben. Mag der Sonntag verrinnen und versickern, das ist ein guter Lebensplan.

Ja, ja, so sollte man das Leben planen, das wußte A. noch mit aller Bestimmtheit. Daß er darüber eingeschlafen war, wußte er nicht mehr.

Hermann Broch
im Suhrkamp Verlag

Kommentierte Werkausgabe in 13 Bänden. Herausgegeben von Paul Michael Lützeler. Leinen und in den suhrkamp taschenbüchern

Band 1: Die Schlafwandler. Eine Romantrilogie. Leinen und Sonderausgabe
Band 2: Die Unbekannte Größe. Roman. Leinen und st 393
Band 3: Die Verzauberung. Roman. Leinen und st 350
Band 4: Der Tod des Vergil. Roman. Leinen und st 296
Band 5: Die Schuldlosen. Roman in elf Erzählungen. Leinen und st 209
Band 6: Novellen. Prosa. Fragmente. Leinen
Band 7: Dramen. Leinen und st 538
Band 8: Gedichte. Leinen
Band 9/1: Schriften zur Literatur 1. Kritik. Leinen und st 246
Band 9/2: Schriften zur Literatur 2. Theorie. Leinen und st 247
Band 10/1: Philosophische Schriften 1. Kritik. Leinen und st 375
Band 10/2: Philosophische Schriften 2. Theorie. Leinen und st 375
Band 11: Politische Schriften. Leinen und st 445
Band 12: Massenwahntheorie. Beiträge zu einer Psychologie der Politik. Leinen und st 502
Band 13/1: Briefe 1. 1913-1938. Dokumente und Kommentare zu Leben und Werk. Leinen und st 710
Band 13/2: Briefe 2. 1938-1945. Dokumente und Kommentare zu Leben und Werk. Leinen und st 711
Band 13/3: Briefe 3. 1945-1951. Dokumente und Kommentare zu Leben und Werk. Leinen und st 712

Einzelausgaben

Briefe über Deutschland. Die Korrespondenz mit Volkmar von Zühlsdorff. Herausgegeben und eingeleitet von Paul Michael Lützeler. st 1369
Briefe von 1929-1951. Leinen
Demeter. BS 199
Der Dichter. Leinen
Die Erzählung der Magd Zerline. Aus ›Die Schuldlosen‹. BS 204
Esch oder die Anarchie. BS 157
Gedanken zur Politik. Ausgewählt von Dieter Hildebrandt. BS 245
Hofmannsthal und seine Zeit. Eine Studie. BS 385
Huguenau oder die Sachlichkeit. BS 187
James Joyce und die Gegenwart. Essay. BS 306
Ein Lesebuch. Herausgegeben von Paul Michael Lützeler. Leinen

26/1/3.92

Hermann Broch
im Suhrkamp Verlag

Menschenrecht und Demokratie. Politische Schriften. Herausgegeben und eingeleitet von Paul Michael Lützeler. BS 588

Pasenow oder die Romantik. Roman. BS 92

Die Schlafwandler. Eine Romantrilogie. st 472

Die Schuldlosen. Roman in elf Erzählungen. BS 1012

Zu Hermann Broch

Hermann Broch. Herausgegeben von Paul Michael Lützeler. stm. st 2065

Paul Michael Lützeler: Hermann Broch. Eine Biographie. Leinen und st 1578

Brochs theoretisches Werk. Herausgegeben von Paul Michael Lützeler und Michael Kessler. stm. st 2090

Brochs ›Tod des Vergil‹. Herausgegeben von Paul Michael Lützeler. stm. st 2095

Brochs ›Verzauberung‹. Herausgegeben von Paul Michael Lützeler. stm. st 2039

26/2/3.92

265/1/8.90

265/2/8.90

suhrkamp taschenbücher
Eine Auswahl

265/3/8.90

suhrkamp taschenbücher
Eine Auswahl

Handke: Das Ende des Flanierens. st 679
– Kindergeschichte. st 1071
– Langsame Heimkehr. st 1069
– Die Lehre der Sainte-Victoire. st 1070
– Die linkshändige Frau. st 560
– Die Stunde der wahren Empfindung. st 452
– Über die Dörfer. st 1072
– Wunschloses Unglück. st 146
Hart Nibbrig: Spiegelschrift. st 1464
Hesse: Gesammelte Werke. 12 Bde. st 1600
– Berthold. st 1198
– Casanovas Bekehrung und Pater Matthias. st 1196
– Demian. st 206
– Gertrud. st 890
– Das Glasperlenspiel. st 79
– Innen und Außen. st 413
– Karl Eugen Eiselein. st 1192
– Klein und Wagner. st 116
– Kleine Freuden. st 360
– Klingsors letzter Sommer. st 1195
– Knulp. st 1571
– Die Kunst des Müßiggangs. st 100
– Kurgast. st 383
– Ladidel. st 1200
– Der Lateinschüler. st 1193
– Legenden. st 909
– Die Morgenlandfahrt. st 750
– Narziß und Goldmund. st 274
– Die Nürnberger Reise. st 227
– Peter Camenzind. st 161
– Robert Aghion. st 1379
– Roßhalde. st 312
– Schön ist die Jugend. st 1380
– Siddhartha. st 182
– Der Steppenwolf. st 175
– Unterm Rad. st 52
– Der vierte Lebenslauf Josef Knechts. st 1261
– Walter Kömpff. st 1199
– Der Weltverbesserer und Doktor Knölges Ende. st 1197
– Der Zyklon. st 1377
Hildesheimer: Das Ende der Fiktionen. st 1539
– Marbot. st 1009
– Mitteilungen an Max über den Stand der Dinge. st 1276
– Die Theaterstücke. st 1655
Hohl: Die Notizen. st 1000
Horváth: Gesammelte Werke. 15 Bde. st 1051-1065
– Don Juan kommt aus dem Krieg. st 1059
– Geschichten aus dem Wiener Wald. st 1054
– Glaube Liebe Hoffnung. st 1056
– Italienische Nacht. st 1053
– Ein Kind unserer Zeit. st 1064
– Jugend ohne Gott. st 1063
Hrabal: Erzählungen, Moritaten und Legenden. st 804
– Harlekins Millionen. st 1615
– Ich habe den englischen König bedient. st 1754
– Das Städtchen am Wasser. st 1613-1615
Hürlimann: Die Tessinerin. st 985
Hughes: Ein Sturmwind auf Jamaika. st 980
Im Jahrhundert der Frau. st 1011

265/4/8.90

265/5/8.90

suhrkamp taschenbücher
Eine Auswahl

Laederach: Nach Einfall der Dämmerung. st 814
– Sigmund oder Der Herr der Seelen tötet seine. st 1235
Lao She: Die Stadt der Katzen. PhB 151. st 1154
Least Heat Moon: Blue Highways. st 1621
Lem: Also sprach GOLEM. PhB 175. st 1266
– Die Astronauten. PhB 16. st 441
– Frieden auf Erden. PhB 220. st 1574
– Der futurologische Kongreß. PhB 29. st 534
– Das Katastrophenprinzip. PhB 125. st 999
– Lokaltermin. PhB 200. st 1455
– Robotermärchen. PhB 85. st 856
– Sterntagebücher. PhB 20. st 459
– Waffensystem des 21. Jahrhunderts. PhB 124. st 998
Lenz, H.: Die Augen eines Dieners. st 348
– Ein Fremdling. st 1491
– Der Kutscher und der Wappenmaler. st 934
– Neue Zeit. st 505
– Der Tintenfisch in der Garage. st 620
– Der Wanderer. st 1492
Leutenegger: Gouverneur. st 1341
– Ninive. st 685
Lezama Lima: Paradiso. st 1005
Lovecraft: Azathoth. PhB 230. st 1627
– Berge des Wahnsinns. PhB 258. st 1780
– Der Fall Charles Dexter Ward. PhB 260. st 1782
– Stadt ohne Namen. PhB 52. st 694
Majakowski: Her mit dem schönen Leben. st 766
Mayer: Außenseiter. st 736
– Ein Deutscher auf Widerruf. Bd. 1. st 1500
– Ein Deutscher auf Widerruf. Bd. 2. st 1501
– Georg Büchner und seine Zeit. st 58
– Thomas Mann. st 1047
Mayröcker: Die Abschiede. st 1408
– Ausgewählte Gedichte. st 1302
Meier, G.: Toteninsel. st 867
Meyer, E.Y.: In Trubschachen. st 501
– Ein Reisender in Sachen Umsturz. st 927
– Die Rückfahrt. st 578
Miller: Am Anfang war Erziehung. st 951
– Bilder einer Kindheit. st 1158
– Das Drama des begabten Kindes. st 950
– Du sollst nicht merken. st 952
Miłosz: Verführtes Denken. st 278
Mitscherlich: Ein Leben für die Psychoanalyse. st 1010
– Massenpsychologie ohne Ressentiment. st 76
– Thesen zur Stadt der Zukunft. st 10
Morshäuser: Die Berliner Simulation. st 1293

265/6/8.90

suhrkamp taschenbücher
Eine Auswahl

Morshäuser: Blende. st 1585
– Nervöse Leser. st 1715
Moser: Gottesvergiftung. st 533
– Grammatik der Gefühle. st 897
– Kompaß der Seele. st 1340
– Lehrjahre auf der Couch. st 352
– Stufen der Nähe. st 978
Muschg: Albissers Grund. st 334
– Baiyun oder die Freundschaftsgesellschaft. st 902
– Entfernte Bekannte. st 510
– Fremdkörper. st 964
– Gegenzauber. st 665
– Im Sommer des Hasen. st 263
– Das Licht und der Schlüssel. st 1560
Museum der modernen Poesie. st 476
Neruda: Liebesbriefe an Albertina Rosa. st 829
Nizon: Canto. st 319
Nossack: Aus den Akten der Kanzlei Seiner Exzellenz ... st 1468
– Begegnung im Vorraum. st 1177
– Bereitschaftsdienst. st 1460
Onetti: Das kurze Leben. st 661
– So traurig wie sie. st 1601
Oz: Im Lande Israel. st 1066
– Mein Michael. st 1589
– Der perfekte Frieden. st 1747
Paz: Essays. 2 Bde. st 1036
Pedretti: Harmloses, bitte. st 558
– Die Zertrümmerung von dem Kind Karl. st 1156
Ernst Penzoldts schönste Erzählungen. st 216
Percy: Der Idiot des Südens. st 1531
– Lancelot. st 1391
Phantastische Begegnungen. PhB 250. st 1741
Platschek: Über die Dummheit in der Malerei. st 1139
Plenzdorf: Gutenachtgeschichte. st 958
– Legende vom Glück ohne Ende. st 722
– Die neuen Leiden des jungen W. st 300
Poniatowska: Stark ist das Schweigen. st 1438
Proust: Auf der Suche nach der verlorenen Zeit. 10 Bde.
– Briefe zum Leben. st 464
Puig: Der Kuß der Spinnenfrau. st 869
– Der schönste Tango der Welt. st 474
– Verraten von Rita Hayworth. st 344
Ribeiro: Maíra. st 809
Rochefort: Frühling für Anfänger. st 532
– Eine Rose für Morrison. st 575
– Die Welt ist wie zwei Pferde. st 1244
– Zum Glück gehts dem Sommer entgegen. st 523
Rodoreda: Auf der Plaça del Diamant. st 977
– Der zerbrochene Spiegel. st 1494
Rolfs: Rost im Chrom. st 1648
Russell: Eroberung des Glücks. st 389

265/7/8.90

suhrkamp taschenbücher
Eine Auswahl

Sanzara: Die glückliche Hand. st 1184
– Das verlorene Kind. st 910
Schimmang: Das Ende der Berührbarkeit. st 739
– Der schöne Vogel Phönix. st 527
Schivelbusch: Intellektuellendämmerung. st 1121
Schneider, R.: Philipp der Zweite. st 1412
– Dem lebendigen Geist. st 1419
Semprun: Die große Reise. st 744
– Was für ein schöner Sonntag. st 972
– Yves Montand: Das Leben geht weiter. st 1279
– Der zweite Tod des Ramón Mercader. st 564
Shaw: Der Aufstand gegen die Ehe. st 328
– Mensch und Übermensch. st 987
Sloterdijk: Der Zauberbaum. st 1445
Soriano: Das Autogramm. st 1252
Steiner, J.: Auf dem Berge Sinai sitzt der Schneider Kikrikri. st 1572
– Ein Messer für den ehrlichen Finder. st 583
– Das Netz zerreißen. st 1162
Sternberger: Drei Wurzeln der Politik. st 1032
– Herrschaft und Vereinbarung. st 1289
– Die Politik und der Friede. st 1237
Stierlin: Delegation und Familie. st 831
– Eltern und Kinder. st 618
– Das Tun des Einen ist das Tun des Anderen. st 313
Struck: Lieben. st 567
– Die Mutter. st 489
Strugatzki / Strugatzki: Der ferne Regenbogen. PhB 111. st 956
– Die häßlichen Schwäne. PhB 177. st 1275
– Eine Milliarde Jahre vor dem Weltuntergang. PhB 186. st 1338
Tendrjakow: Die Abrechnung. st 965
– Frühlingsspiel. st 1364
Unseld: Der Autor und sein Verleger. st 1204
– Begegnungen mit Hermann Hesse. st 218
– Peter Suhrkamp. st 260
Vargas Llosa: Gespräch in der Kathedrale. st 1015
– Der Hauptmann und sein Frauenbataillon. st 959
– Der Krieg am Ende der Welt. st 1343
– Tante Julia und der Kunstschreiber. st 1520
Wachenfeld: Camparirot. st 1608
Walser, M.: Die Anselm Kristlein Trilogie. st 684
– Brandung. st 1374
– Dorle und Wolf. st 1700
– Ehen in Philippsburg. st 1209
– Ein fliehendes Pferd. st 600
– Halbzeit. st 94
– Jenseits der Liebe. st 525
– Liebeserklärungen. st 1259

265/8/8.90

suhrkamp taschenbücher
Eine Auswahl

265/9/8.90

Neue deutschsprachige Literatur in den suhrkamp taschenbüchern

Aschenbeck, Udo: Südlich von Tokio. st 1409
Bauer, Margrit: Überleben. Eine unsystematische Ermittlung gegen die Not aller Tage. st 1098
Behrens, Katja: Die weiße Frau. Erzählungen. st 655
Berkéwicz, Ulla: Josef stirbt. Erzählung. st 1125
– Michel, sag ich. st 1530
Blatter, Silvio: Kein schöner Land. Roman. st 1250
– Love me Tender. Erzählung. st 883
– Schaltfehler. Erzählungen. st 743
– Die Schneefalle. Roman. st 1170
– Wassermann. Roman. st 1597
– Zunehmendes Heimweh. Roman. st 649
Böni, Franz: Die Fronfastenkinder. Aufsätze 1966-1985. Mit einem Nachwort von Ulrich Horn. st 1219
Brasch, Thomas: Der schöne 27. September. Gedichte. st 903
Buch, Hans Christoph: Die Hochzeit von Port-au-Prince. Roman. st 1260
– Jammerschoner. Sieben Nacherzählungen. st 815
– Karibische Kaltluft. Berichte und Reportagen. st 1140
Cailloux, Bernd: Intime Paraden. Erzählungen. st 1707
Dinkelmann, Fritz H.: Das Opfer. Roman. st 1591
Fritsch, Werner: Cherubim. st 1672
Gall, Herbert: Deleatur. Notizen aus einem Betrieb. st 639
Genzmer, Herbert: Cockroach Hotel. Ängste. st 1243
– Freitagabend. st 1540
– Manhattan Bridge. Geschichte einer Nacht. st 1396
Goetz, Rainald: Irre. Roman. st 1224
Hänny, Reto: Flug. st 1649
Hengstler, Wilhelm: Die letzte Premiere. Geschichten. st 1389
Horstmann, Ulrich: Das Glück von Omb'assa. Phantastischer Roman. PhB 141. st 1088
– Das Untier. Konturen einer Philosophie der Menschenflucht. st 1172
Hürlimann, Thomas: Die Tessinerin. Geschichten. st 985
Innerhofer, Franz: Die großen Wörter. Roman. st 563
– Schattseite. Roman. st 542
– Schöne Tage. Roman. st 349
Kirchhoff, Bodo: Dame und Schwein. Geschichten. st 1549
– Die Einsamkeit der Haut. Prosa. st 919
– Ferne Frauen. Erzählungen. st 1691
– Mexikanische Novelle. st 1367

250/1/8.90

Neue deutschsprachige Literatur in den suhrkamp taschenbüchern

Kirchhoff, Bodo: Ohne Eifer, ohne Zorn. Novelle. st 1301
– Zwiefalten. Roman. st 1225
Kiss, Ady Henry: Da wo es schön ist. st 914
Klix, Bettina: Tiefenrausch. Aufzeichnungen aus der Großstadt. st 1281
Kolleritsch, Alfred: Gedichte. Ausgewählt und mit einem Vorwort versehen von Peter Handke. st 1590
– Die grüne Seite. Roman. st 323
Konrad, Marcel: Stoppelfelder. Roman. st 1348
Laederach, Jürg: Laederachs 69 Arten den Blues zu spielen. st 1446
– Nach Einfall der Dämmerung. Erzählungen und Erzählungen. st 814
– Sigmund oder Der Herr der Seelen tötet seine. st 1235
Leutenegger, Gertrud: Gouverneur. st 1341
– Ninive. Roman. st 685
– Vorabend. Roman. st 642
Meinecke, Thomas: Mit der Kirche ums Dorf. Kurzgeschichten. st 1354
Meyer, E. Y.: Eine entfernte Ähnlichkeit. Erzählungen. st 242
– In Trubschachen. Roman. st 501
– Ein Reisender in Sachen Umsturz. Erzählungen. Neufassung. st 927
– Die Rückfahrt. Roman. st 578
Morshäuser, Bodo: Die Berliner Simulation. Erzählung. st 1293
– Blende. Erzählung. st 1585
– Nervöse Leser. Erzählung. st 1715
Neumeister, Andreas: Äpfel vom Baum im Kies. st 1748
Offenbach, Judith: Sonja. Eine Melancholie für Fortgeschrittene. st 688
Pedretti, Erica: Harmloses, bitte. st 558
– Heiliger Sebastian. Roman. st 769
– Sonnenaufgänge Sonnenuntergänge. Erzählungen. st 1653
Pietsch, Nikolaus: Der Gefangene von Heidelberg. st 1129
Rosei, Peter: Der Fluß der Gedanken durch den Kopf. Logbücher. st 1656
– Reise ohne Ende. Aufzeichnungsbücher. st 875
Rothmann, Ralf: Messers Schneide. Erzählung. st 1633
Schertenleib, Hansjörg: Die Ferienlandschaft. Roman. st 1277
Schimmang, Jochen: Das Ende der Berührbarkeit. Eine Erzählung. st 739
– Der schöne Vogel Phönix. Erinnerungen eines Dreißigjährigen. st 527
Schleef, Einar: Gertrud. st 942
Sloterdijk, Peter: Der Zauberbaum. Die Entstehung der Psychoanalyse im Jahr 1785. Ein epischer Versuch zur Philosophie der Psychologie. st 1445

250/2/8.90